AF299179

ÉTUDES

DE POÉSIE LATINE

APPLIQUÉES

A RACINE.

ÉTUDES

DE POÉSIE LATINE

APPLIQUÉES

A RACINE;

Par C. F. Q. A. G.

PARIS,

DE L'IMPRIMERIE ROYALE.

1823.

A MONSIEUR TRUFFER,

ANCIEN PROFESSEUR DE SECONDE EN L'UNIVERSITÉ DE PARIS,

AU COLLÉGE D'HARCOURT.

MON CHER MAÎTRE,

Permettez qu'après quarante-un ans écoulés depuis le temps où j'avais le bonheur d'écouter vos leçons, je vous offre le tribut des idées de saine littérature dont je vous dois le premier germe.

C'est un hommage que vous partageriez avec votre honorable collègue, M. Gueroult [1], s'il

[1] Professeur de rhétorique au même collége, aussi digne traducteur de Pline l'Ancien que M. *Truffer* l'a été de Cicéron.

restait aujourd'hui parmi nous autre chose de
lui que sa mémoire.

Vous aviez le droit, l'un et l'autre, d'aspirer
à former des disciples plus dignes de pareils
maîtres ; mais vous n'en avez jamais eu de plus
reconnaissant ni de plus respectueux que

Votre très-humble et très-
obéissant serviteur,

Q......

ÉTUDES

DE POÉSIE LATINE

APPLIQUÉES

A RACINE.

LA langue poétique est universelle et indépendante du technique de chaque idiome en particulier. Pour être digne de la parler, il faut avoir reçu de la nature une organisation privilégiée [1] ; mais ceux qu'elle aura favorisés de cette organisation, seront poëtes dans toutes les langues du monde.

Des hommes doués d'ailleurs d'un très-bon esprit, des têtes pensantes et éminemment philosophiques, ont été insensibles aux charmes de la poésie, ou n'ont eu sur elle que des notions fausses.

[1] . . . . pauci quos æquus amavit
Juppiter. . . . . .

(VIRG.)

N'a-t-on pas entendu un géomètre, à qui on de-
mandait compte de l'effet qu'avait produit sur lui
la lecture d'*Iphigénie*, répondre : *Qu'est-ce que
cela prouve?* On est affligé quand on se rappelle
qu'un Pascal, un Mallebranche, ne concevaient la
poésie que dans un certain arrangement de mots :
comme, dans les siècles de décadence des lettres
(et notre âge en fournirait malheureusement plus
d'un exemple), certains prosateurs, justifiés par de
honteux succès, ne placent l'éloquence que dans
l'emploi désordonné de figures ambitieuses, dans
l'alliance d'idées incohérentes ou dans le fracas
stérile de phrases plus ou moins sonores [1]. Non,
la poésie, comme l'éloquence sa sœur, n'est
pas dans les mots; elle est toute dans la pensée.
Or les hommes doués de l'heureuse organisation
dont je parlais tout-à-l'heure, pensent dans la
langue du pays qui les a vus naître. Chacune des
langues qui se partagent l'empire du globe, n'est,
en effet, que l'instrument, différent suivant les
lieux, dont se sert chacune des peuplades dans
lesquelles se distribue l'espèce humaine, pour exer-
cer la faculté de penser commune à l'espèce entière.
La poésie doit donc avoir, pour les hommes de

---

[1] Les compositions dites *ossianiques, romantiques,* &c.,
et tous les écrivains de cette école.

tous les pays, une racine commune ; sa langue, je le répète, doit être universelle.

Un bon ouvrage à faire serait de rechercher, à travers les modifications nées de la diversité des idiomes, le lien commun, l'affinité inaperçue, mais nécessaire, qui les unit tous, sous le rapport de la poésie ; et la solution de ce problème, que je crois fort difficile, mais non pas impossible, amènerait probablement la découverte des élémens, communs à tous les idiomes, de la langue poétique.

Il faut soigneusement distinguer la versification de la poésie.

Point de poésie sans versification ; c'est un dogme qu'il faut d'abord tenir pour inviolable, en rejetant bien loin ce paradoxe né de l'impuissance orgueilleuse de la Motte, le moins poëte peut-être de tous nos faiseurs de vers ; paradoxe répété par tous ceux qui, se traînant à sa suite, ne savaient faire l'éloge de la plus admirable poésie qu'en disant : *Cela est beau comme de la prose.*

La versification, plus dépendante du génie et même du technique de chaque langue, est à la poésie ce que la forme est à la substance. Que la versification soit appliquée à des sujets simples ou familiers, si elle est élégante et facile, elle donnera à la manière dont ces sujets auront été pensés, un charme et un mérite de plus, le charme de l'harmonie, le mérite de la difficulté vaincue ; mais ce ne sera pas encore de la poésie. La poésie ne veut pas seulement de l'élégance et de l'harmonie ; elle veut de la grandeur et des images. La poésie, suivant les anciens, est le langage des dieux : ce langage ne peut être qu'élevé et majestueux comme les dieux eux-mêmes. Les hommages des mortels à la Divinité, le récit des hauts faits ou des infortunes des héros, que, dans les idées de la théologie païenne, la vertu rapprochait de l'essence divine [1], le développement, mis en action, de leurs passions, de leurs sentimens dans des situations touchantes ou terribles : voilà les grands sujets, les sujets naturels, et, si j'ose m'exprimer ainsi, la matière première de la poésie. C'est dans l'ode, dans l'épopée, dans la tragédie, qu'elle a principalement son siége et son empire.

A Dieu ne plaise qu'on me soupçonne de songer à l'exclure des poëmes appelés *didactiques!* Mais, sous le rapport de la poésie, ces compositions ne sont toutefois que secondaires ; elles ne comportent que la poésie de style, la poésie descriptive, si ce n'est dans les épisodes, qui ne sont

---

1 . . . . . Quos ardens evexit ad æthera virtus.

(VIRG.)

pas le sujet même, mais dans lesquels le poëte, quand il est Virgile, sait bien s'élever à toutes les hauteurs de la langue poétique.

Les Français n'ont pas la tête épique [1] (disait M. de Malezieu à Voltaire, qui le consultait sur *la Henriade*). Disait-il vrai? et cet anathème est-il mérité?.... C'est une thèse que je n'ai pas la volonté de débattre : mais notre langue du moins est susceptible de beautés tragiques ; c'est une vérité qu'il ne serait pas permis de nier en présence de notre Corneille, de notre Racine, supérieurs à tous les tragiques de l'antiquité.

Il ne m'appartient pas, je doute même qu'il soit possible d'assigner un rang entre ces deux grands hommes, et je ne veux pas faire, pour la centième fois, un parallèle qui est devenu un lieu commun de l'école : mais, s'il m'était permis d'énoncer mon opinion sur leur mérite relatif, tout en convenant que Corneille a peut-être une plus grande hauteur de pensées, je dirais que Racine me paraît avoir réuni un plus grand nombre des parties qui constituent le poëte proprement dit.

La poésie de Racine est, à mon sens, le type de la perfection ; je ne conçois rien au-delà : mais,

---

1 VOLT. *Essai sur la poésie épique,* à la suite de *la Henriade,* article MILTON.

toutefois, ce génie étonnant ne me semble pas
unique en son espèce. Il est un autre poëte dont
la lecture me fait éprouver précisément les mêmes
sensations et a pour moi le même charme, quoique sa langue ne soit pas la mienne : ce poëte
est Virgile.

Je ne sais si je m'abuse ; mais c'est pour moi
une vérité de conviction et de sens intime, que ces
deux grands esprits ont eu l'un avec l'autre des
affinités, des analogies dont il est impossible de
ne pas être frappé : la trempe de leur organisation
intellectuelle me paraît être complétement homo-
gène ; et je regarde comme démontré que, si Racine
fût né Romain, il aurait fait *l'Énéide ;* que, si
Virgile fût né parmi nous, ce serait à lui que nous
aurions dû *Iphigénie, Phèdre* et *Athalie.*

Cette idée était depuis long-temps dans ma tête,
d'une manière assez confuse et comme une sorte
de théorie vague, lorsque le hasard m'offrit une
occasion de m'y confirmer, en la réduisant pour
ainsi dire en pratique.

J'étais condamné à garder le lit par une maladie
moins grave qu'assujettissante, et qui me laissait
d'ailleurs une grande liberté d'esprit. A travers
toutes les excursions de mes idées, ma mémoire
me rappela quelques vers de Racine, et, par un

mécanisme que je regardai comme fortuit, ces vers se présentèrent à ma pensée traduits dans la langue de Virgile. La facilité, j'ai presque dit la spontanéité de cette traduction me frappa, et, rendu à la santé, j'ai voulu poursuivre cet essai. J'ai pris successivement plusieurs morceaux de Racine [1], et je les ai traduits en latin, vers pour vers. Je puis assurer que ce travail ne m'a pas coûté de très-grands efforts : les tournures, les expressions de Virgile, quelquefois même ses hémistiches, sont venus, comme de soi, se placer dans ma version. Mes larcins, très-volontaires, sont patens pour la plupart : il y en a sans doute beaucoup d'autres qui sont involontaires, et dont je ne pourrais pas moi-même indiquer les sources, quoique bien réelles. Il en résulte, si je ne me trompe, que Virgile et Racine, à la différence des idiomes près, ont parlé la même langue poétique [2]. J'ai montré cet essai à quelques hommes de goût, juges compétens en ces matières; ils ont trouvé que mes vers

1 L'imprécation de *Clytemnestre*, le récit d'*Ulysse*, l'imprécation de *Thésée*, le songe d'*Athalie*.

2 Qu'on fasse une pareille épreuve sur Corneille, et il s'en faudra bien qu'on atteigne le même résultat; ce qui semble autoriser le jugement que j'ai osé porter plus haut, en annonçant que Racine me paraissait plus généralement poëte que Corneille.

n'avaient pas l'allure pénible et contrainte d'une traduction, qu'ils semblaient avoir été pensés dans la langue en laquelle ils sont écrits, et j'oserai le répéter après eux, sans crainte d'être taxé d'orgueil ; car tout ceci n'est qu'œuvre de mémoire, et non pas de talent. Je n'ai voulu qu'indiquer comment on peut, si je puis m'exprimer ainsi, faire remonter Racine à sa source ; et ce n'est pas un chef-d'œuvre que j'ai entendu faire, mais une expérience. Je crois, après tout, que cette expérience n'est pas sans résultat ; et ce résultat, je le livre aux méditations des hommes qui ont et plus de lumières et plus de loisirs que moi : sous des mains habiles, il pourrait devenir fécond. Si je n'avais pas oublié le grec, et s'il m'était encore permis de lire Homère dans sa langue, je poursuivrais, en remontant de Virgile à lui, l'épreuve que j'ai faite en remontant de Racine à Virgile. Peut-être, à considérer notre langue comme placée, dans l'arbre généalogique de l'esprit humain, au troisième degré de génération littéraire, retrouverait-on ainsi, dans la plus belle langue que les hommes aient jamais parlée, les traces originelles, et par conséquent les preuves de cette unité de la langue poétique que, par le rapprochement de Racine et de Virgile, je suis tenté de croire universelle. Dans tous les cas, et

quand même cette universalité ne serait qu'une
chimère, il resterait toujours pour certain que
l'heureuse tradition du beau ne peut être conservée
que par l'étude constante des classiques [1], seul
rempart qui puisse être opposé avec succès aux
invasions du mauvais goût, fléau destructeur de
toute littérature.

[1] . . . . Vos exemplaria græca
Nocturnâ versate manu, versate diurnâ.

(HORAT.)

IPHIGÉNIE.

IPHIGÉNIE.

ACTE IV.

SCÈNE IV.

CLYTEMNESTRE.

Vous ne démentez point une race funeste.
Oui, vous êtes le sang d'Atrée et de Thyeste![1]
Bourreau de votre fille, il ne vous reste enfin
Que d'en faire à sa mère un horrible festin.[2]
Barbare! c'est donc là cet heureux sacrifice
Que vos soins préparaient avec tant d'artifice![3]

---

[1] At non ille *satum* quo *te mentiris* Achilles.

Æn. ii, 540.

[2] .... Vulcani *stirpe creatus.*

Æn. x, 543.

[3] .... Qui tanti *talem genuêre* parentes?

Æn. i, 606.

IPHIGENIA.

ACTUS IV.

SCENA IV.

CLYTÆMNESTRA.

Te non mentiris [1] funestà stirpe creatum : [2]
Te talem genuère Atreus, talemque Thyestes! [3]
Quin proprio natam properas absumere ferro,
Maternisque, nefas! epulandam apponere mensis? [4]
En quæ, fraude pià, felicia sacra movebas,
Barbare! nec, jussum te subscribente nefandum,

.... Qui *te talem genuère* parentes.

Æn. x , 597.

4 .... Non ipsum *absumere ferro*
Ascanium, *patriisque epulandum apponere mensis.*

Æn. iv, 601 et 602.

B *

Quoi ! l'horreur de souscrire à cet ordre inhumain
N'a pas, en le traçant, arrêté votre main ?
Pourquoi feindre, à nos yeux, une fausse tristesse ?
Pensez-vous, par des pleurs, prouver votre tendresse ?
Où sont-ils ces combats que vous avez rendus ?
Quels flots de sang pour elle avez-vous répandus ?
Quel débris parle ici de votre résistance ?
Quel champ couvert de morts me condamne au silence ?
Voilà par quels témoins il fallait me prouver,
Cruel, que votre amour a voulu la sauver.
Un oracle fatal ordonne qu'elle expire !....
Un oracle dit-il tout ce qu'il semble dire ?
Le ciel, le juste ciel, par le meurtre honoré,
Du sang de l'innocence est-il donc altéré ?

1 *Triste ministerium*..........
                    Æ*n*. vi, 223.

.... *Aversusque refugit*
Fœda ministeria..........
                    Æ*n*. vii, 618 et 619.

2 .... Tumidusque *secundo*
Marte ruat.
                    Æ*n*. x, 21 et 22.

.... Et *Marte secundo*
Omnia corripuisse..........
                    Æ*n*. xi, 899.

3 Me bello è tanto digressum et *cæde recenti*.
                    Æ*n*. ii, 718.

Triste ministerium manus aversata refugit? [1]
Cur patrium ostentas, mentitâ fronte, dolorem?
An lacrymis pater et fictâ pietate probaris?
Dic ubi fusæ acies pugnataque Marte secundo [2]
Prælia, et undantes inimico sanguine campi?
Dic quibus exsultet vindex tua dextra ruinis?
Quæ me incusantem fumantia cæde recenti [3]
Arva silere jubent? Natæ succurrere certum
Sola hæc testari poterant monumenta parentem.
Infensis, aiunt, debetur victima fatis!.... [4]
Ergòne fata canunt quidquid cecinisse videntur?
Scilicet [5] innocuum sitiunt injusta cruorem
Numina, et occisâ placari virgine gaudent! [6]

> .... Semperque *recenti*
> *Cæde* tepebat humus.
>
> *ÆN.* VIII, 195 et 196.

> 4 .... Soli *mihi* **Pallas**
> *Debetur*........
>
> *ÆN.* X, 442 et 443.

> .... Tum *fatis debitus* Aruns.
>
> *ÆN.* XI, 759.

> 5 (Imitation.) *Scilicet* is superis labor est.........
>
> *ÆN.* IV, 379.

> 6 Sanguine *placastis* ventos et *virgine cæsâ.*
>
> *ÆN.* II, 116.

Si du crime d'Hélène on punit sa famille,
Faites chercher à Sparte Hermione, sa fille ;
Laissez à Ménélas racheter d'un tel prix
Sa coupable moitié dont il est trop épris.
Mais vous, quelles fureurs vous rendent sa victime ?
Pourquoi vous imposer la peine de son crime ?
Pourquoi moi-même enfin, me déchirant le flanc,
Payer sa folle amour du plus pur de mon sang ?
Que dis-je ? cet objet de tant de jalousie,
Cette Hélène, qui trouble et l'Europe et l'Asie,
Vous semble-t-elle un prix digne de vos exploits ?
Combien nos fronts pour elle ont-ils rougi de fois !
Avant qu'un' nœud fatal l'unît à votre frère,
Thésée avait osé l'enlever à son père.
Vous savez, et Calchas mille fois vous l'a dit,
Qu'un hymen clandestin mit ce prince en son lit,
Et qu'elle en eut pour gage une jeune princesse
Que sa mère a celée au reste de la Grèce.
Mais non : l'honneur d'un frère et son amour blessé
Sont les moindres des soins dont vous êtes pressé.

1 . . . . Pulchramque *uxorius* urbem
   Exstruis. . . . . . .
                                        Æn. iv, 266.
2 . . . . Tùm *pendere pœnas*
   Cecropidæ jussi . . . . . .
                                        Æn. vi, 20 et 21.
   Ipsi has *sacrilego pendetis sanguine pœnas.*
                                        Æn. vii, 595.
3 . . . . *Trojæ et patriæ communis Erinnys.*
                                        Æn. ii, 573.

Si plectunt Helenæ stirpem pro crimine totam,
Ex Helenâ genitam ripis arcesse Lacænis
Hermionen : tali repetat mercede redemptam
Quam nimio Menelas uxorius [1] ardet amore.
Ast ubi delirat frater, cur plecteris ultrò * ?
Cur dabis immeritas Helenæ pro crimine pœnas?
Cur materna jubes laniantem viscera, puro
Sanguine me pœnam vesani pendere amoris. [2]
Quid loquor, infelix ! hæc tanti causa tumultùs,
Hæc Helena, Europæ atque Asiæ communis Erinnys, [3]
Estne tibi merces tantorum digna laborum?
Ora suo quoties suffudit nostra rubore! [4]
Antea fatalis quàm fratri nuberet uxor,
Theseus à patrio fugitivam abduxerat audax
Limine : cui posthac, furtivis juncta hymenæis,
Natam infelicem (sic Calchas rettulit auctor)
Edidit, illiciti miserabile pignus amoris,
Quam reliquos mater celavit conscia Graios.
Sed violatus amor spretique injuria fratris [5]
Cura tibi levis, et pectus non ista remordent. [6]

4 At si virgineum *suffuderit ore ruborem.*
          Ou, suivant quelques manuscrits,
     . . . . virgineo *suffuderit ora rubore.*
                              G. 1, 430.
5 . . . . *Spretæque injuria formæ.*
                              ÆN. 1, 27.
6 . . . . Quando hæc *te cura remordet.*
                              ÆN. 1, 261.
* Quidquid *delirant* reges, *plectuntur* Achivi.
                              HOR. *Ep.* lib 1, ep. 2.

Cette soif de régner que rien ne peut éteindre,
L'orgueil de voir vingt rois vous servir et vous craindre,
Tous les droits de l'empire en vos mains confiés,
Cruel, c'est à ces dieux que vous sacrifiez;
Et, loin de détourner le coup qu'on vous prépare,
Vous voulez vous en faire un mérite barbare.
Trop jaloux d'un pouvoir qu'on peut vous envier,
De votre propre sang vous courez le payer,
Et voulez, par ce prix, épouvanter l'audace
De quiconque vous peut disputer votre place.
Est-ce donc être père? Ah! toute ma raison
Cède à la cruauté de cette trahison!
Un prêtre, environné d'une foule cruelle,
Portera sur ma fille une main criminelle,
Déchirera son sein, et, d'un œil curieux,
Dans son cœur palpitant consultera les dieux!
Et moi, qui l'amenai triomphante, adorée,
Je m'en retournerai seule et désespérée!
Je verrai les chemins encor tout parfumés
Des fleurs dont, sous ses pas, on les avait semés!

---

1 Nec tibi *regnandi* veniat tam dira *cupido*.
G. i, 37.

2 *Manè salutantum* totis vomit ædibus undam.
G. ii, 462.

3 Dextra *mihi Deus*, et telum quod missile libro.
Æn. x, 773.

4 Ibat ovans, divûmque *sibi poscebat honorem*.
Æn. vi, 589.

Hæc tua regnandi nunquam satiata cupido, [1]
Manè salutantùm [2] tot regum plena timoris
Obsequia, imperii fasces ac summa potestas,
Hæc tibi numina sunt [3] ; istis, pater impie, natam
Numinibus mactas, jugulandamque objicis ultrò,
Nedum impendentem cures avertere cultrum.
Sollicitus ne jure sibi quis vindicet æquo,
Tu proprio sceptrum mercari sanguine gestis;
Ut quicumque tuos sibi poscere vellet honores [4],
Horreat imperium tantâ mercede pacisci.
Siccine tu pater es ? Fraudem indignata nefandam,
Ah ! sceleris tanti mens victa horrore fatiscit !
Ergone, crudeli Graiorum adstante coronâ,
Sacrilego natam feriet mucrone sacerdos,
Disrumpetque sinus, oculisque inhiantibus hærens,
Consulet aversos spiranti in pectore divos ! [5]
Ast ego, quæ curru advexi sublimis ovantem,
Sola domum et vacuas mœrens [6] remeabo Mycenas !
Orba, redibo vias halantes flore recenti,
Quem teneris, nuper, me presserat auspice plantis ! [7]

[5] .... Pecudumque reclusis
Pectoribus inhians spirantia consulit exta.
Æn. IV, 63 et 64.

[6] *Sola domo mœret vacuâ........*
Æn. IV, 82.

[7] Ah ! tibi ne *teneras* glacies secet aspera *plantas !*
Ecl. X, 49.

Non : je ne l'aurai point amenée au supplice,
Ou vous ferez aux Grecs un double sacrifice.
Ni crainte, ni respect ne m'en peut détacher ;
De mes bras tout sanglans il faudra l'arracher.
Aussi barbare époux qu'impitoyable père,
Venez, si vous l'osez, la ravir à sa mère.
Et vous, rentrez, ma fille, et du moins à mes lois
Obéissez encor pour la dernière fois.

1 *Non ità :* namque etsi . . . .

                           Æn. ii , 583.

2 Regem *ad supplicium* præsenti Marte *reposcunt.*

                           Æn. viii , 495.

Non ità [1] : nec natam ad mortem, me teste, reposcent ; [2]
Aut dabitur duplex immitibus hostia Graiis.
Impavidam me nulla tenet reverentia : ab istis
Non prolem abripies, cæsâ nisi matre, lacertis.
Eia age, crudelis pariter conjuxque paterque,
Matris ab amplexu, si tanta audacia menti,
Quid dubitas natam divellere ? [3] Tu, tamen, intrò,
Nata, redi, meaque extremùm præcepta facesse. [4]

3 Non ego nunc dulci *amplexu divellerer* usquam,
Nate, tuo.
Æn. viii, 568.

4 . . . . Matris *præcepta facessit.*
G. iv, 548.

ACTE V.

SCÈNE VI.

Ulysse.

Déjà de tout le camp la Discorde maîtresse
Avait sur tous les yeux mis son bandeau fatal,
Et donné du combat le funeste signal.
De ce spectacle affreux votre fille alarmée
Voyait pour elle Achille, et contre elle l'armée.
Mais, quoique seul pour elle, Achille furieux
Épouvantait l'armée et partageait les dieux.
Déjà de traits, en l'air, s'élevait un nuage,
Déjà coulait le sang, prémices du carnage.

1 (Imitation.) . . . . Lætos oculis *afflarat* honores.

Æn. i, 591.

2 Agmen agens Clausus, *magnique ipse agminis instar.*

Æn. vii, 707.

ACTUS V.

SCENA VI.

ULYSSES.

Jamque adeò totis bacchans Discordia castris
Pectoribus Danaûm cæcas afflaverat [1] iras,
Et pugnæ dederat signum ferale cruentæ.
Horrendo tua progenies exterrita visu,
Contra se Danaos, pro se spectabat Achillem.
At, multorum instar [2], Danaos furiatus Achilles
Territat, et scindit studia in contraria divos. [3]
Sed jam tela volant ac ferreus ingruit imber [4];
Jam sanguis fluit, infandæ præludia cædis.

3 *Scinditur* incertum *studia in contraria* vulgus.

ÆN. II, 39.

4 .... It toto turbida cœlo
Tempestas telorum, ac *ferreus ingruit imber.*

ÆN. XII, 284.

Entre les deux partis Calchas s'est avancé,
L'œil farouche, l'air sombre et le poil hérissé,
Terrible, et plein du Dieu qui l'agitait sans doute,
« Vous, Achille, a-t-il dit, et vous, Grecs, qu'on m'écoute.
» Le Dieu qui maintenant vous parle par ma voix,
» M'explique son oracle et m'instruit de son choix.
» Un autre sang d'Hélène, une autre Iphigénie
» Sur ce bord immolée y doit laisser sa vie.
» Thésée, avec Hélène uni secrètement,
» Fit succéder l'hymen à son enlèvement.
» Une fille en naquit, que sa mère a celée ;
» Du nom d'Iphigénie elle fut appelée.
» Je vis moi-même alors ce fruit de leurs amours ;
» D'un sinistre avenir je menaçai ses jours.

1 *Improvisus adest*............

                                 Æn. ix, 49.

  Tela *inter media*............

                                 Ecl. x, 45.

  Hunc ubi miscentem longè *media agmina* vidit.

                                 Æn. x, 731.

2 .... Ardentem et *torva tuentem*.

                                 Æn. vi, 467.

3 Os rabidum, *fera corda domans*........

                                 Æn. vi, 80.

4 *Quem casum portenta ferant*........

                                 Æn. viii, 533.

Improvisus adest inter media agmina [1] Calchas,
Torva tuens [2], oculisque minax, hirtoque capillo
Terribilis, plenusque Deo fera corda domante. [3]
« Vos, ait, Æacide, Danaïque, audite canentem.
» Quid superùm responsa ferant, quam destinet aræ [4]
» Me Deus admonuit, vobis ego pando sacerdos. [5]
» Altera Tyndaridis claro de sanguine virgo,
» Altera Dîs moriens hîc Iphigenia litabit. [6]
» Tyndaridi Theseus secreto, addictus amore
» Sero connubii raptam sibi fœdere junxit. [7]
» Hinc sata progenies, atque Iphigenia vocata,
» Quam reliquos mater celavit sedula Graios.
» Vidi egomet miseri furtivum hoc pignus amoris,
» Vitam infelicem minitatus et aspera fata. [8]

. . . . Et *me destinat aræ.*

Æn. 11, 129.

5 *Quæ* Phœbo pater omnipotens, mihi Phœbus Apollo
Prædixit, *vobis* furiarum *ego* maxima *pando.*

Æn. 111, 251 et 252.

6 . . . . Animâque *litandum*
Argolicâ.

Æn. 11, 118.

7 . . . . *Juncta est* mihi *fœdere* dextra.

Æn. viii, 169.

8 . . . . Si quà *fata aspera* rumpas.

Æn. vi, 882.

» Sous un nom emprunté, sa noire destinée

» Et ses propres fureurs ici l'ont amenée.

» Elle me voit, m'entend, elle est devant vos yeux ;

» Et c'est elle, en un mot, que demandent les dieux. »

Ainsi parle Calchas : tout le camp immobile

L'écoute avec frayeur et regarde Ériphile.

Elle était à l'autel, et peut-être, en son cœur,

Du fatal sacrifice accusait la lenteur.

Elle-même tantôt, d'une course subite,

Était venue aux Grecs annoncer votre fuite.

On admire en secret sa naissance et son sort :

Mais puisque Troie enfin est le prix de sa mort,

L'armée à haute voix se déclare contre elle

Et prononce à Calchas sa sentence mortelle.

Déjà, pour la saisir, Calchas lève le bras :

1 . . . . Terris *jactatus* et alto
Vi *superûm* . . . .
ÆN. i, 3 et 4.

2 . . . . Soli *mihi* Pallas
Debetur.
ÆN. x, 443.

3 . . . . Intentique *ora tenebant.*
ÆN. ii, 1.

4 Constitit, atque oculis Phrygia *agmina circumspexit.*
ÆN. ii, 68.

5 Æstatem *increpitans* seram zephyrosque *morantes.*
G. iv, 138.

» Has tetigit nuper ficto sub nomine ripas,
» Vi superùm jactata [1], suoque adducta furore.
» Me videt, audit, adest oculis nunc obvia vestris:
» Sola hæc debetur [2] superis, hanc fata reposcunt. »
Sic ille : auscultant tremebundi atque ora tenentes [3],
Eriphylenque omnes longo agmine circumspectant. [4]
Arrecta ante aram stabat, forsanque morantes
Increpitabat atrox alto sub pectore cultros. [5]
Ipsa repentino vulgaverat invida cursu
Quam tu cauta fugam natæque tibique parabas. [6]
Mirantur taciti sortem, mirantur et ortum [7]
Virginis: at quoniam promissa ad mœnia Trojæ [8]
Morte viam sternet, morituram exercitus omnis
Magnâ voce tonans fatali devovet Orco.
Jamque manum injiciens Calchas assurgit ; at illa:

Sævit *atrox* Volscens

       Æn. IX , 420.

. . . . Habitatque *sub alto*
Pectore.

       Æn. VI , 599 et 600.

6 His commota *fugam* Dido sociosque *parabat.*

       Æn. I , 360.

7 *Mirantur* dona Æneæ, *mirantur* Iulum.

       Æn. I , 709.

8 . . . . Cernes urbem et *promissa* Lavini
 Mœnia.

       Æn. I , 258 et 259.

            C

« Arrête, a-t-elle dit, et ne m'approche pas :
» Le sang de ces héros dont tu me fais descendre,
» Sans tes profanes mains saura bien se répandre. »
Furieuse, elle vole, et sur l'autel voisin
Prend le sacré couteau, le plonge dans son sein.
A peine son sang coule et fait rougir la terre,
Les dieux font, sur l'autel, entendre leur tonnerre :
Les vents agitent l'air d'heureux frémissemens,
Et la mer leur répond par ses mugissemens.
La rive au loin gémit blanchissante d'écume ;
La flamme du bûcher d'elle-même s'allume ;
Le ciel brille d'éclairs, s'entr'ouvre, et, parmi nous,
Jette une sainte horreur qui nous rassure tous.
Le soldat étonné dit que, dans une nue,
Jusque sur le bûcher Diane est descendue,
Et croit que, s'élevant au milieu de ses feux,

1 *Parce pias scelerare manus*........
ÆN. iii , 42.

2 *Si modò. quem perhibes*, pater est Thymbræus Apollo.
G. iv , 323.

3 Hæsit, *virgineumque* altè *bibit* acta *cruorem*.
ÆN. xi , 804.

4 *Intonuit lævum* ....
ÆN. ii , 693 ; ix , 631.

« Parce, [1] ait, Eriphylen manibus temerare profanis :
» Si modò, quod perhibes [2], tali sum sanguine creta,
» Noverit ille meus sine te prorumpere sanguis:
» Esto procul. » Volat indè furens, aráque sub ipsà
Raptum indignato defigit pectore ferrum.
Virgineum vix terra bibit rubefacta cruorem, [3]
Intonuit lævum [4]: redivivi, carcere rupto,
Speratis agitant stridoribus aëra venti,
Desuetisque altum reboat mugitibus æquor.
Cum gemitu [5] longè spumis turgentibus albens
Ripa sonat [6]; subitos ultrò pyra concipit ignes;
Fulguribus cœlum rutilat, sanctumque dehiscens
Incutit horrorem, qui corda labantia [7] firmat.
Ipsa etiam delapsa polo [8] (si credere dignum est [9]
Attonitis), flammas inter Latonia fertur
Insedisse rogo, rursusque ad summa volasse,

[5] *Cum gemitu* glomerat, fundoque exæstuat imo.

ÆN. III, 577.

[6] Julia quà ponto *longè sonat* unda refuso.

G. II, 163.

[7] . . . . Vulgi variare *labantia corda*.

ÆN. XII, 223

[8] Visa dehinc *cœlo* facies *delapsa* parentis.

ÆN. V, 722.

[9] . . . . *Si credere dignum est.*

ÆN. VI, 173

C *

Elle portait au ciel notre encens et nos vœux.
Tout s'agite, tout part : la seule Iphigénie,
Dans ce commun bonheur, pleure son ennemie.
Des mains d'Agamemnon venez la recevoir,
Venez ; Achille et lui brûlent de vous revoir,
Madame, et désormais tous deux d'intelligence
Sont prêts à confirmer leur auguste alliance.

1 Erumpunt portis : *concurritur*.........
                                        G. iv , 78.

2 Miraturque, *inter*que manus et *brachia* versat.
                                        Æn. viii, 619.

Thura precesque ferens. Concurritur [1] undique, puppes
Undique solvuntur : cunctis lætantibus, una
Infensæ mortem dolet Iphigenia puellæ.
Hanc recipe incolumem, patris inter brachia [2], mater :
Atrides te poscit ovans, te poscit Achilles;
Et studiis tandem concordibus, unus et alter
Augustum certant avidi componere fœdus [3].

3 ....*Avidus confundere fœdus.*
                                    Æn. xii, 290.
       ....*Et læti placitum componite fœdus.*
                                    Æn. x, 15.
       ....*Certantque illudere* capto.
                                    Æn. ii, 64.

PHÈDRE.

PHÈDRE.

ACTE IV.

SCÈNE II.

THÉSÉE.

Perfide! oses-tu bien te montrer devant moi?
Monstre, qu'a trop long-temps épargné le tonnerre!
Reste impur des brigands dont j'ai purgé la terre!
Après que le transport d'un amour plein d'horreur
Jusqu'au lit de ton père a porté ta fureur,
Tu m'oses présenter une tête ennemie!
Tu parais dans des lieux pleins de ton infamie!
Et ne vas pas chercher, sous un ciel inconnu,
Des pays où mon nom ne soit pas parvenu!
Fuis, traître; ne viens pas braver ici ma haine,

1 .... *Thalamos ausum incestare* novercæ.
                              Æn. x , 389.
2 *Invisum* hoc detrude *caput* sub Tartara telo.
                              Æn. ix , 496.

PHÆDRA.

~~~~~~

ACTUS IV.

———

SCENA II.

THESEUS.

Perfide ! tene oculis audes ostendere nostris ?
Bellua, cui nimiùm tardi Jovis ira pepercit !
Relliquiæ scelerum quæ tuto ex orbe fugavi !
Postquam infandus amor tentare extrema furentem
Impulit, et thalamos ausum incestare paternos [1],
En caput invisum [2] nobis interritus offers !
En loca tu repetis sceleratæ conscia flammæ !
Quærere nec properas alio sub sole jacentes, [3]
Quò nondum Thesei nomen pervenerit, oras !
Hinc fuge, cessantemque iram ne sponte lacessas,

3 . . . . *Alio patriam quærunt sub sole jacentem.*
G. ii , 512.
~~~~~~

Ni tenter un courroux que je retiens à peine.
C'est bien assez pour moi de l'opprobre éternel
D'avoir pu mettre au jour un fils si criminel,
Sans que ta mort encor, honteuse à ma mémoire,
De mes nobles travaux vienne souiller la gloire.
Fuis ; et, si tu ne veux qu'un châtiment soudain
T'ajoute aux scélérats qu'a punis cette main,
Prends garde que jamais l'astre qui nous éclaire
Ne te voie en ces lieux mettre un pied téméraire.
Fuis, dis-je ; et, sans retour précipitant tes pas ,
De ton horrible aspect purge tous mes états.

Et toi, Neptune, et toi, si jadis mon courage
D'infames assassins nettoya ton rivage,
Souviens-toi que, pour prix de mes efforts heureux,
Tu promis d'exaucer le premier de mes vœux.
Dans les longues rigueurs d'une prison cruelle,
Je n'ai point imploré ta puissance immortelle :
Avare du secours que j'attends de tes soins,

---

1 (Imitation.) . . . . . *Sedet æternùmque sedebit*
Infelix Theseus . . . .

        ÆN. VI , 617.

2 *Sol* qui terrarum *flammis* opera *omnia lustras.*

        ÆN. IV , 607.

3 . . . . *Comes additus* unà
. . . . *Æolides.*

        ÆN. VI , 528.

Neve ægro malè compressum sub corde dolorem
Sollicites. Pudet, ah ! satis, æternùmque pudebit, [1]
Theseus indignæ sobolis quòd vixerit auctor,
Ne tua mors saltem, misero probrosa parenti,
Nostrorum obscuret decus immortale laborum.
Hinc fuge ; nec te aliàs, qui flammis omnia lustrat [2]
Sol, pede sacrilego temerantem hæc limina cernat,
Ni cecidisse voles, tetris comes additus [3] umbris
Latronum, meritâ quos mersi in Tartara morte.
Ah ! fuge, et, æternùm nostris à finibus exul [4],
Horrendo aspectu regna indignantia solve.

   Tuque adeò, Neptune, meo si munere [5] quondam
Exstinctis requiêre tuæ latronibus oræ,
Quod primo expeterem voto, pro talibus ausis, [6]
Te concessurum mihi, promisisse memento.
Dum traherem noctes [7] duro sub carcere longas,
Auxilii parcus, quod erat mihi debita merces,
Abstinui precibus te poscere : te mihi sanctum

4 ...... Pererratis amborum *finibus exul.*

                              ECL. 1, 62.

5 .... *Vestro si munere* tellus.

                              G. 1, 7.

6 .... *Pro talibus ausis.*

                              ÆN. II, 535.

7 .... Vario *noctem* sermone *trahebat.*

                              ÆN. 1, 748.

Mes vœux l'ont réservé pour de plus grands besoins.
Je t'implore aujourd'hui : venge un malheureux père ;
J'abandonne ce traître à toute ta colère ;
Étouffe dans son sang ses desirs effrontés :
Thésée à tes fureurs connaîtra tes bontés.

1 Ergò eadem supplex venio, et *sanctum mihi numen*
    Arma rogo. . . . .
                                     Æn. viii , 382.

2 . . . . Divosque *in vota vocasset.*
                                     Æn. v , 234.

Seposui prudens graviora in tempora numen. [1]
Nunc te in vota voco [2] : miserandum ulciscere patrem ;
In scelus hoc iras omnes effunde [3] ; nefandos
Sanguine in incesto restingue libidinis æstus :
Neptunum ex pœnâ Theseus cognoscet amicum.

.... Fratrem.... *in vota vocavit.*
                              Æn. v, 514.

3 ..... *Irarumque omnes effundit* habenas.
                              Æn. xii, 499.

ATHALIE.

ATHALIE.

ACTE II.

SCÈNE V.

C'était pendant l'horreur d'une profonde nuit :
Ma mère Jézabel à mes yeux s'est montrée,
Comme au jour de sa mort pompeusement parée.
Ses malheurs n'avaient point abattu sa fierté ;
Même elle avait encor cet éclat emprunté
Dont elle eut soin de peindre et d'orner son visage ,
Pour réparer des ans l'irréparable outrage.
«Tremble, m'a-t-elle dit, fille digne de moi !
» Le cruel Dieu des Juifs l'emporte aussi sur toi.
» Je te plains de tomber dans ses mains redoutables,
» Ma fille ! » En achevant ces mots épouvantables,

1 . . . . Ruit Oceano nox,
Involvens umbrâ magnâ terramque polumque.
           Æn. 11, 250 et 251.

ATHALIA.

ACTUS II.

SCENA V.

Horrida nox magnà terras involverat umbrà : [1]
Visa mihi antè oculos [2] regali splendida cultu
Jesabel, incessit qualis moritura : parenti
Grande supercilium, tantisque superbia nondum
Fracta malis; mentito etiam fulgebat honore
Quo vultum marcentem annis ornare solebat,
Annorum reparans nunquam reparabile damnum.
« Væ tibi! nata, pave, ò soboles me digna parente¹
» Te quoque, te deus Isacidùm implacabilis urget.
» Heu! devota cadis crudeli victima dextræ !
» Væ tibi, nata! » Ciet tales dum pectore questus,

2 *Visa mihi antè oculos, et notà major imago.*
Æn. 11, 773.

D

Son ombre vers mon lit a paru se baisser ;
Et moi, je lui tendais les mains pour l'embrasser :
Mais je n'ai plus trouvé qu'un horrible mélange
D'os et de chairs meurtris et traînés dans la fange,
Des lambeaux pleins de sang et des membres affreux,
Que des chiens dévorans se disputaient entre eux.

ABNER.

Grand Dieu !

ATHALIE.

Dans ce désordre à mes yeux se présente
Un jeune enfant couvert d'une robe éclatante,
Tel qu'on voit des Hébreux les prêtres revêtus.
Sa vue a ranimé mes esprits abattus ;
Mais lorsque, revenant de mon trouble funeste,
J'admirais sa douceur, son air noble et modeste,
J'ai senti tout-à-coup un homicide acier
Que le traître en mon sein enfonçait tout entier.

1 Ter conatus ibi *collo dare brachia circùm.*

Æn. 11, 792 ; vi, 700.

2 . . . . *Miserabile visù.*

Æn. 1, 111.

Ad nostras, thalamo acclinis, delabitur ulnas ;
Ipsa enitebar collo dare brachia circùm [1] . . . . . .
Mater abest : laceræ carnes, miserabile visu ! [2]
Ossa luto et turpi sanie fœdata supersunt,
Deformesque artus et adhuc spirantia membra
Immundo, fera turba, canes quæ dente vorabant.

ABNER.

Proh Deus !

ATHALIA.

                Hæc inter, niveo velatus amictu,
Qualem ritè gerit Judæâ è gente sacerdos,
Conspicitur puer, egregio spectabilis ore. [3]
Hoc visu recreati animi, pulsique timores.
Ast ubi, paùlatìm sedato corde [4], modestam
Mirabar pueri frontem, vultusque decoros,
Attonito, nil tale timens, sub pectore sensi,
Fraude malâ, totum quem perfidus abdidit, ensem. [5]

3 . . . . Tantum *egregio* decus enitet *ore.*
                                Æn. iv, 150.
4 *Sedato* respondit *corde* Latinus.
                                Æn. xii, 18.
5 . . . . Lateri capulo tenùs *abdidit ensem.*
                                Æn. ii, 553.

De tant d'objets divers le bizarre assemblage
Peut-être du hasard vous paraît un ouvrage.
Moi-même quelque temps, honteuse de ma peur,
Je l'ai pris pour l'effet d'une sombre vapeur.
Mais de ce souvenir mon ame possédée
A deux fois, en dormant, revu la même idée ;
Deux fois mes tristes yeux se sont vu retracer
Ce même enfant, toujours tout prêt à me percer.
Lasse, enfin, des horreurs dont j'étais poursuivie,
J'allais prier Baal de veiller sur ma vie,
Et chercher le repos au pied de ses autels ;
Que ne peut la frayeur sur l'esprit des mortels !
Dans le temple des Juifs un instinct m'a poussée,
Et d'apaiser leur Dieu j'ai conçu la pensée :
J'ai cru que des présens calmeraient son courroux ;
Que ce Dieu, quel qu'il soit, en deviendrait plus doux.
Pontife de Baal, excusez ma faiblesse.
J'entre, le peuple fuit, le sacrifice cesse,
Le grand-prêtre vers moi s'avance avec fureur.
Pendant qu'il me parlait, ô surprise ! ô terreur !

1 ..... *In somnis* inhumati *venit imago*
Conjugis............
Æn. 1, 353.

2 .... Motos præstat *componere fluctus.*
Æn. 1, 135.

Tot rerum aggestam vario discrimine molem
Creditis absurdi forsan ludibria casûs.
Me quoque femineos puduit sensisse timores,
Et me nocturno delusam errore putavi.
Sed vigilem exagitans animum, semperque recursans,
Bis eadem, in somnis, lymphatæ occurrit imago 1;
Bis tristes videre oculi, et stupuere videndo,
Districto puerum hoc pectus mucrone petentem.
Denique, portentis lassata sequacibus, aras
Quærebam Baalis, capite ut depellere ferrum
Atque animi tantos vellet componere fluctus. 2
Quò non cæcus agit mortalia pectora terror ! 3
Isacidùm templi vetitum conscendere limen,
Ignotique Dei cœcos placare furores,
Fert animus : surgit menti fiducia nostris
Posse Deum, quicumque fuat, mansuescere donis.
Ingredior (parce, ó Baalis venerande minister);
Turba fugit, pendent sacra interrupta 4, sacerdos
Terribilis, vultuque minax, occurrit eunti,
Voce tonans. Simul, ó dictu mirabile monstrum ! 5

3 (Imitation.) . . . . . *Quid non mortalia pectora cogis,*
   Auri sacra fames?
                                          Æn. iii , 56 et 57.
4 . . . . *Pendent opera interrupta,* minæque
   Murorum ingentes.
                                          Æn. iv , 88.
5 . . . . *Visu mirabile monstrum.*
                                          Æn. x , 637.

J'ai vu ce même enfant dont je suis menacée,
Tel qu'un songe effrayant l'a peint à ma pensée.
Je l'ai vu ; son même air, son même habit de lin,
Sa démarche, ses yeux et tous ses traits enfin :
C'est lui-même. Il marchait à côté du grand-prêtre ;
Mais bientôt à mes yeux on l'a fait disparaître.

Voilà quel trouble ici m'oblige à m'arrêter,
Et sur quoi j'ai voulu tous deux·vous consulter.

1 *Fatalem Æneam*..........
ÆN. XI, 232.

FIN.

Fatalem [1] vidi puerum, feralia qualem
Obtulerant trepidæ minitantem somnia menti.
Sic oculos, sic ille gradus, sic ora ferebat [2];
Linea sic talos stola descendebat ad imos.
Ipse aderat : vidi; agnovi. Comes additus ibat
Pontifici; nostro sed mox submotus ab ore est.

Hæc sunt sollicitam quæ me portenta morantur,
Et quæ consiliis volui perpendere vestris.

[2] *Sic oculos, sic ille manus, sic ora ferebat.*

Æɴ. ɪɪɪ, 490.

FINIS.